Erika Beltle

Die halbe Mutter geht voraus

Die halbe Mutter geht voraus

95 Rätsel für philosophische Querdenker

von Erika Beltle

Verlag Freies Geistesleben

Ebenfalls in gleicher Ausstattung sind von Erika Beltle erschienen:

Pfiffikus' Schelmennuss
148 leichte und schwierige Rätsel

Der Anfang spricht sogleich vom Ende
99 neue Rätsel für kluge Köpfe

Rückwärts schlüpft er aus dem Ei
100 knifflige Rätsel

Der erste Bruder wird gebunden
101 einfallsreiche Rätsel

Dieser Band ist die 2., veränderte Auflage des in 1. Auflage unter dem Titel *Einfach räselhaft: Neue Pfiffikus-Rätsel* 1986 erschienenen Bandes. Einige der damals veröffentlichten Rätsel sind für diese Ausgabe ausgetauscht worden.

ISBN 978-3-7725-2075-4

Verlag Freies Geistesleben
Landhausstraße 82, 70190 Stuttgart
Internet: www.geistesleben.com

Einbandvignette: Maria A. Kafitz
Druck: Freiburger Graphische Betriebe, Freiburg

Rätselraten – ein altes Spiel

Spiele treibt man zum Vergnügen. Worauf beruht das Vergnügen beim Rätselraten?

Der Erfahrene weiß, dass in dem kleinen Chaos, als welches ihm Rätsel zunächst entgegentreten, dessen gedanklicher Inhalt zwar eindeutig dargestellt ist – Rätsel müssen durch sich selber lösbar sein –, dass ihm aber das Ganze vorläufig doch als verbindungsloses Nebeneinander von unverständlichen Dingen erscheinen wird. Vermag er einige Zeit über die Rätselfrage nachzusinnen und ist er beweglich genug, nach einem verkehrten Weg einen neuen zu versuchen, wird ihm plötzlich die Lösung aufblitzen. Was zuvor zusammenhanglos im Dunkel lag, hat Sinn bekommen. Die Frage ist beantwortet, der erhellende Gedanke kam. Dass dieser seinem Wesen nach immer lichtbringend, klärend ist, kann man buchstäblich mit Augen sehen, wenn man Rätsel in kleinem Kreis löst und bemerkt, wie das Gesicht eines Teilnehmers plötzlich aufstrahlt und er lächelt, weil ihm die Lösung kam.

Auch dies weiß der Erfahrene: Wirkliches Vergnügen am Rätselraten stellt sich nur ein, wenn die Lösung *nicht* im

Buch zu finden ist. Die Versuchung nachzuschlagen, wäre ebenso groß wie die für den Wanderer, statt sich selbst zu bemühen, eine Bergbahn zu benützen. Man muss es selbst erlebt haben, wie viel weniger zauberhaft der Blick vom Gipfel aus ist.

Wir aber möchten dem Leser, der sich einlässt auf unser Versteckspiel, möglichst fünfundneunzigmal schmunzelndes Vergnügen bereiten. Daher werden Lösungen nur in alphabetischer Reihenfolge ohne eindeutige Zuordnung am Ende des Bandes verzeichnet. Das kann dem Steckenbleibenden eine Hilfe sein, auf die aber der Rätselenthusiast und Geduldige im Denken immer mehr gerne verzichten wird.

Im Juli 2007 *Erika Beltle*

1.

Das Erste sagt, wie groß die Anzahl ist.
Die Zweite kann ein jeder nur umgehn.
Verbunden wecken gerne sie den Zwist:
Man spricht ihn aus, und schon ist es geschehn.
Hat zweimal *er* den Schluss für sich erkoren,
ist es ein Fremdling, nicht bei uns geboren.

2.

Rund und dick fängt's an.
Abschied hängt sich dran.
In der Länge und der Breite,
anzuschaun an vielen Orten,
ist es ganz die Außenseite,
die zur Täuschung oft verführte.
Fest entschlossen, in zwei Worten,
sprach's der von dem Dunst Kurierte.

3.

Wer sie genießt, der beißt darauf,
doch schluckt er keinen Bissen.
Reißt jemand auch das Fenster auf,
er macht sich kein Gewissen,
er füttert ohne Schuld und Scheu
die Vielgeliebte sanft mit Heu –
die duftet dienstbeflissen.

4.

Mit leerem Magen liegt er schlaff darnieder,
ein Häufchen Elend, das ich spielend hebe.
Doch wenn ich nach und nach ihm Früchte gebe,
dann lebt er auf, es strafft sich sein Gewebe,
und man erkennt den Schwächling fast nicht wieder.
Stellt man ihn aber mitten in der Stadt
vor eine Gasse, schmäler oder breiter,
dann setzt er jeden Autofahrer matt:
der kommt mit Sicherheit bald nicht mehr weiter.

5.

Hängt man an ein flaches Land,
hoch im Norden gut bekannt,
die gesamte Weltenweite
in der Tiefe wie der Breite,
steht vor uns – kein Schürzenjäger!
nein, ein echter Würdenträger,
welcher einst, was heut veraltet,
über Haus und Hof gewaltet.

6.

Wenn sie uns passen, schützen uns die Zweiten
vor Härten und dem Schmutz der Welt.
Mit Vorspann sind wir es zuzeiten
der Menschheit, die sich uns gesellt,
und leider kann, zu unsrer Pein,
man auch sein eigner Ganzer sein.

7.

Er hängt an Männern auf besondre Weise
und passt sich ihren Wünschen treulich an.
Er geht mit ihnen auf die längste Reise,
bis er zu alt ist und es nicht mehr kann.

Doch leider ist – das zeigt sich uns alljährlich –
im Ganzen er durchaus nicht ungefährlich,
denn in ihm selber sind seit eh und je
Gewitterstürme, Hagel, Regen, Schnee.

8.

Zuerst wird man ins Innere versetzt.
Vor dem Nächsten nimmt man sich in Acht;
unerwartete fühlt man sich verletzt,
was oft große Schwierigkeiten macht.
Doch den Ganzen wollen wir nicht rügen:
Wer ihn einnimmt, dem macht er Vergnügen.

9.

An manchen Häusern
sieht man ihn hängen,
an vielen Straßen
sieht man ihn stehn;
wo sich die Menschen
schieben und drängen,
wird es meist seinet-
wegen geschehn.
Aber nicht immer nur
darf er dort rasten:
Wir geben ihm Vorspann
und heben dann Lasten.

10.

Man formt sie plastisch und mit Ausdruck,
gibt ihr am rechten Platz den Ausguck
und spielt – was manchmal auch vergebens –
darin die Rolle seines Lebens.

Mit Anhang – einer kleinen Pflanze –
verführt sie Jung und Alt zum Tanze,
bis eines Tages man bereut
und Asche auf das Haupt sich streut.

11.

Er nimmt, als Helfer allbekannt,
uns schwere Lasten aus der Hand,
um sie behänd emporzutragen.

Das Zweite ist, wie soll ich's sagen,
Privatbesitz, doch allgemein
behauptet jeder, es sei sein.

Der Ganze, dem der Sumpf gefällt,
beglückt in Mehrzahl alle Welt
seit Schillers genialischen Tagen.

12.

Sei es als Land, sei es als Geistgebiet:
in jedem Falle hat es eine Grenze.

Die Zweite, die man niemals restlos sieht,
erfasst kein Maßstab je in ihrer Gänze.

Zusammen aber zeigen sie es an,
wie weit sich eine Wirkung äußern kann.

13.

Er bleibt in jedem Fall als Rest
vom allerschönsten Kerzenfest.
Das andre ist so weit verbreitet,
dass man es immerfort zerschneidet,
zerteilt, durchbohrt und auch verkauft
und immer neu sich darum rauft.
Das Ganze aber, unverdrossen,
zeigt sich den andern meist verschlossen.

14.

Ein Glanzmetall
steht hier am Anfang.
Ihm folgt in tiefem Schwarz
als Anhang
ein Mensch mit einem Angebot.
Man wählt,
er schleppt herbei, was not –
wir aber sehn bei der Verschmelzung
der beiden schließlich
nur noch rot.

15.

Bleibt einer gern beim Allgemeinen,
sagt man, dass er das Erste sei,
und wird nichts Schlechtes dabei meinen.

Den Zweiten gibt's wie Sand am Meer,
drum findet unter seinesgleichen
man auch den Rechten oft sehr schwer.

Das Ganze jedoch hat Profil.
Man wird es kaum verwechseln,
denn wo es auftritt, zeigt es Stil.

16.

Wir sehn ihn häufig,
doch nicht jederzeit.
Wenn wir ihn sehn,
dann ist er himmelweit.

Sein Anhang ist
– und wär' es auch fatal –
in jedem Falle
völlig uns egal.

Von Ganzer aber
sind wir stets entzückt:
Man staunt verdutzt
und schon ist sie entrückt.

17.

Was wird:
mit *i* auf den Boden gelegt,
gepflegt und abgewetzt,
mit *u* zusammengefegt,
mit *au* ins Ohr gesetzt
und gut gehegt?

18.

Am Abend sah ich zwei Geschöpfe,
die drehten plötzlich ihre Köpfe
zu weit – so wollte es mir scheinen.

Da haucht' ich ihnen etwas zu –
o weh!, sie schwanden hin im Nu:
Nichts blieb zurück, als Weinen.

19.

Damit ein Teil am andern hält,
gebraucht man ihn in aller Welt.

Der Folgende, bedacht, gezielt,
wird gern im Übermut gespielt.

Vereinigt bläst man ihn zum Schluss,
den Unentwegten zum Verdruss.

20.

Ein wildes Tier, doch schön zu sehen,
will in diesem Fall am Anfang stehen.
Mit dem Nächsten plaudern wir was aus –
oder auch: wir nehmen etwas ein.
Haben wir den Ganzen von zu Haus,
kann er nur als Vorschuss nützlich sein.
Ob als Weiser, ob als blinder Tor:
täglich bringt man selber ihn hervor;
ja, am Ende, weil er nichts vergisst,
ist er ganz genau so, wie man ist.

21.

Manchmal ist's der Spiegel,
meistens ist's das Pferd,
immer ist's der Meister,
der der Ehren wert.

22.

Er bleibt im Bett
und dennoch kommt er weiter,
ist anfangs dünn
und wird dann später breiter.

Sein Anhang ist ein dürres Holzgerippe;
es dient zum Gehn,
doch nur der Kindersippe.

Als Ganze ist
die Dame vornehm leis;
sie trippelt
und sie trägt nur Schwarz und Weiß.

23.

Eine kleine Rotte geht voran;
welcher Art, ist nicht bekannt geworden.
Ein Organ des Lebens hängt sich an.
Seither öffnen sich an allen Orten
ohne Lärm geschmeidig Tür und Pforten,
was man doch recht sehr begrüßen kann.

24.

Ich hab sie alle hinter meinem Rücken,
doch manche nur von ihnen kann ich schauen;
die Tafel zeigt an vielen Stellen Lücken,
und bald verliert sie sich im Ungenauen.

Ganz ähnlich ist's, tu ich's im Blick nach vorn:
Vom Nahenden ertaste ich nur Spuren.
Wird's eine Rose? Wird's ein spitzer Dorn?
Wie hinter Schleiern liegen die Konturen.

Weil sie gewesen, bin ich in der Welt,
und üben tu ich's, weil die Sicht verstellt.

25.

Alles ist in ihr voll Leben,
überall regt sich's zugleich;
Tiere kriechen, krabbeln, schweben,
alle nährt sie überreich;
selbst noch in den Wintertagen
füllt sie reichlich deren Magen.
Doch mit kleinstem Anhang
schon läuft es blitzschnell uns davon.

26.

Was einst der Höchste nur im Bund
als Zeichen der Würde getragen,
das hat in unseren Tagen
jeder Halunke in seinem Mund,
und keinen musste er fragen.

27.

Sie sind zu zweit
und beide tragen Schilde.
Ihr Anhang (unbegreiflich!)
schweigt partout.
Gehörte er jedoch
im Luftgefilde
der Lerche an,
sie sänge immerzu.

28.

Er verteidigt sein Land,
wenn ein Krieg entbrannt.
Mit kleinem Anhang
dient er andern Zwecken:
Gibt man ihn bei,
wird vieles besser schmecken.

29.

Es brachte der Zweite
die Erste nach Haus,
drauf schlossen die schulischen Pforten.
Ihn juckte der Spaß –
doch was macht das schon aus!
Er war jetzt ein Ganzer geworden.

30.

Man kann es werden,
aber nie allein.
Wenn es geschieht,
geschieht es zwischen zwei'n.
Der eine fühlt sich stark und weltvertraut,
der andre schwach
und obendrein durchschaut.
Ansonsten tut man es
mit vielen Dingen,
mit Büchern, Briefen,
Stiften, Fingerringen.

31.

Das Erste sagt, es sei dafür,
das Zweite bezeichnet ein Maß,
nicht eben groß, doch mit Gespür
reicht es für dies und das.
Lässt man sich einmal unterhalten,
sieht man das Ganze sich entfalten.

32.

Sommers kommt er oft bei Nacht
oder früh am Morgen.
Das, was ihn poetisch macht,
muss er sich erst borgen.

Was ihm nachfolgt, transferiert
pausenlos und immer.
Jedem bringt er garantiert
ein Stück Welt ins Zimmer.

Mancher, der die zwei verband,
hätte gern ihn in der Hand.

33.

Zu der Stätte, die ich meine,
bei dem Quell, dem wunderbaren,
wanderten seit eh und je
Menschen hin in großen Scharen.

Doch als ich den Götterthron
– der vor Zeiten dampfumschwängert –
um ein weniges verlängert:
Was geschah? Er schwamm davon!

34.

Es kommt nahe zu den Dingen,
aber niemals ganz.
Näher kann man es nicht bringen,
stets hält es Distanz.

Anders ist's in unserm Falle,
da hängt sich was an.
Macht man das, agieren alle
nur zum Spaß und freun sich dran.

Ganz ist's, oft zu unserm Glücke,
ähnlich einer Eselsbrücke.

35.

Sobald ein Gott (der über Nacht
noch heute jeden jünger macht)
sich dem vereint, was – jüngst entdeckt –
seit je in jedem Dinge steckt
(zwar sah man es mit Augen nie,
doch fruchtbar ist die Theorie),
benagt der Erde dichtes Kleid
erbarmungslos der Zahn der Zeit.

36.

Es hing sich einst an ein Metall
ein Haus voll Adelsdamen.
Bald liebte man es überall,
schrieb Briefe, Verse, Dramen.

Wohin es streift auf seiner Bahn,
es hinterlässt uns Spuren,
die schauen wir verständig an,
bis wir den Sinn erfuhren.

37.

Unerwartet war's der junge Mann,
glücklich, wen das süße Los getroffen!
Stellt man's aber fest an Vorhangstoffen,
schaut man sie nicht mehr so gerne an.
Sind's die Kugeln in den Jagdgewehren,
kann das Wild getrost sein Gras verzehren.

38.

Manche Tiere tun es mit der Nase,
bis sie, was sie suchten, aufgefunden,
sei's in Lüften oder auf der Straße.
Menschen tun das Gleiche mit Verstand,
auch wenn sich am Schluss nichts Rechtes fand.
Neues zeigt sich erst, wenn *er* entschwunden:
Käufer nämlich, irgendeine Schar,
denen *er* partout im Wege war.

39.

Sie rupft das Gras
und spendet dann,
was stets die Menschheit
brauchen kann.
Die Zweiten muss man
zubereiten,
worauf man sie
sich einverleibt.
Die Ganzen sind
zu allen Zeiten
was dann am Ende
übrig bleibt.

40.

Es oder sie

Wer es in der Hand hat, der bestimmt,
welche Richtung eine Sache nimmt.

Sie hingegen bringt fast nur Verdruss
jedem, der sie eben zahlen muss.

41.

Einsilbig wandert er dahin,
tränkt Bäume, Esel, Fohlen.

Sie hinge gern sich dicht an ihn
und folgt ihm auf den Sohlen;

ein Laut jedoch verwehrt dies Glück
und trennte beide um ein Stück.

Seither in Literatenkreisen
hört man die edle Dreiheit preisen.

42.

Einst war gebunden fürs ganze Leben
die Jungfrau, die es dem Manne gegeben.

Das Folgende ist ein genialer Flötist,
berühmt und berüchtigt durch seine List.

Im Ganzen sind kluge Erfinder beim Planen;
auch pflegt man die Kunst und verehrt seine
Ahnen.

43.

Seh ich etwas wie das Erste,
ist es meistenteils nicht schlecht.

Zahl ich jemand wie das Zweite,
ist es diesem sicher recht.

Lässt mein Ganzer mich in Frieden,
meid auch ich das Grenzgefecht.

44.

Sitzen sie in Menschen und Motoren,
werden beide unberechenbar.
Hat ein Pferd sie: gebe ihm die Sporen
sehr besonnen, denn sonst droht Gefahr!

Wenn sie aber deine eignen Taten
stören und durch dich die Welt bedrohn,
muss ich dir zum Rettungsmittel raten:
Mit zwei Punkten jage sie davon!

45.

Mit *m* verraten zarte Gase
sein Dasein angenehm der Nase.

Mit *s*, berühmt, alpin gelegen,
wird's oft besucht der Lunge wegen.

46.

Eine Anzahl flinker Knechte
hab ich immer bei der Hand;
jeder hilft und tut das Rechte,
alle dienen unverwandt.

Alle sind sie mir zu Willen,
immer einig, stets genau,
alle tragen sie im stillen Herzen
auch die gleiche Frau.

47.

Einer ist es unter vielen,
singbar ist er und zu spielen.

Jeder kluge Meistermann
schloss sich einst der Zweiten an.

Gut vereint – ob Herr, ob Knecht
adelt jeden sie zu Recht.

48.

Mit *S:* ein Kunstgriff der Erhaltung
des Lebens, immer klein verpackt.

Mit *D:* die weibliche Entfaltung
von Glanz und Stil und rechtem Takt.

Mit *N:* ein Mittel der Verwaltung,
das Recht und Kraft gibt dem Kontrakt.

49.

Sehe ich den Zweiten strahlen
wie ein leises, fernes Grüßen,
möcht' ich mit dem Ersten staunen.

Seh ich sie vereint zu Füßen,
fühl' ich Lust, sie bunt zu malen,
sie, die schon vom Herbste raunen.

50.

Es sagt nicht *ab*
und sagt nicht *zu*,
ist nicht verschlossen.

Was man ihm anhängt,
plätschert unverdrossen.

Tun wir's vereinigt –
ja, dann steht es fest,
dass sich der Blutdruck
jetzt nicht senken lässt.

51.

Die Stadt mit der Regierung Kern,
ein Ding, das fast ein Haar,
sowie der Helfer eines Herrn
vereinten sich zum Bund.
Wer diesen sieht,
ich spreche wahr,
kommt (orthografisch) auf den Hund.

52.

Er hat sie zwar
und vertritt sie auch,
sobald es irgend angebracht.
Allein,
was mir Gedanken macht:
Ich kann sie nicht entdecken
im Angesicht
die Flecken.

53.

Sie stand auf dem Lande,
süß duftend nach Heu,
mit anderen Schwestern im Chor.

Da kam eines Tages
ein Irgendwer
und stellte ihr etwas vor.

Schon war es mit ihrem
Dufte vorbei:
Nun steigt sie auf Dächer

und zaubert dabei
Unhörbares
laut uns ins Ohr.

54.

Mit *W* ist es des Kindes Kammer.
Mit *R* ein Räuber voll Gezänk.
Mit *Sch* ein Fresser, uns zum Jammer.
Mit *L* dem Durstigen das Getränk.

55.

Sage Erstes ich, dann mein ich: drin,
ganz egal in welchen Weltbereichen.
Stör' ich nicht des Zweiten Ordnungssinn,
weiß ich, dass ich recht im Rhythmus bin.
Wehe, gäbe er kein Lebenszeichen!
Haben wir vom Ganzen viele gute,
sitzt uns wohl ein Feuergeist im Blute.

56.

Zuerst kommt ein Erfrischungsraum.
Am Ende steht ein Maß.
Dazwischen ist ein Laut,
den kaum ein Staunender vergaß.
Das Ganze, das ist ein Prophet,
der, was geschehn wird,
stumm gesteht.

57.

Steht es da für sich allein,
kommt es immer hinterdrein.

Ist deine eigne Zweite klar,
dann lass sie dir nicht trüben.

Ein Anlass zeigt sich immerdar,
was jeweils auch geschehen war,
als Ganze sie zu üben.

58.

Wer den Dritten hat,
ist leicht besessen.
Wer beim Zweiten bleibt,
zeigt Konsequenz,
wird nicht schweifen,
noch das Ziel vergessen.
Durch die Erste,
hier nur halb zu sehen,
treten wir – und das gilt allgemein –
alle in das Erdenleben ein.
In dem Ganzen, groß und unermessen,
wird dir eine Wissenschaft erstehen.

59.

Tun oder sein

Er hat es in dem Augenblick,
als er ins Zimmer kam,
und war es – welches Missgeschick! –,
als er sich nicht korrekt benahm.
Zwar hat ihn dieses deprimiert,
doch ohne jedes Säumen
tat er's auch künftig ungeniert
mit allen neuen Räumen.

60.

Es ist, kurz gesprochen, gegen alles,
gegen Flecken, Husten, gegen Schmerz.
In Gemäßheit des speziellen Falles
braucht man es daher auch allerwärts.

Was ihm nachfolgt, offeriert Getränke;
manchmal wird der Durst dort auch geweckt.
Und das Ganze sagt: Wie ich's auch lenke,
ich erreich' das Ziel nur indirekt.

61.

Er wird bis zu unseren Tagen
dem Berufenen
feierlich zur Pflege
übertragen.
Verbindet man ihn
mit der Stadt,
die es vor aller Christenheit
dereinst gegeben hat,
entsteht, was unserm Geist so not,
wie unserm Leib das täglich' Brot.

62.

Als Schwellenhüter, niemand kann's bestreiten,
nützt er allein dem wirklich Eingeweihten;
durch seine Hilfe einzig und allein
tritt dieser in das Innerste hinein.
Was böse Ungeweihte ständig stört:
Er schweigt und sagt nicht, wo er hingehört.
An ihn nun hing sich, ohne Spalt und Graben,
ein Körperteil, von dem wir zweie haben.
Ein Rätsel bleibt, warum sie sich verkoppelt.
Feststeht: Als Ganzes brauchen wir es doppelt.

63.

Wer nützt sich im Gebrauch nicht ab,
so viel man ihn verwendet?
Wer macht die Leistung stets verkehrt,
ganz gleich, wem sie gespendet?
Wem schmilzt im Dunkeln alle Kraft?
Wer ist's, der nur im Hellen schafft
und uns am Schluss noch blendet?

64.

Sie ist immer schwer.
Doch hängt an ihrem Ende *er*,
ist's eine Sucht,
die zu verdammen,
sich die Gerechten rasch entflammen.
Wird in die Dritte wer gesetzt,
dann hat er ein Gebot verletzt.
Das Ganze – anderen ein Graus –
wird, wer nicht selber Herr im Haus.

65.

Einer Frucht,
die bei uns nicht gedeiht,
gib ein Schwänzchen
und dann zünd' es an;
es erwärmt
für eine kurze Zeit,
wenn es auch
dem Städter ungewohnt.
Und ansonsten sagt man,
auf dem Rücken
trage es
der alte Mann im Mond.

66.

Das Erste, das ist mein.

Was folgt, das kann man sprechen
und manchmal wohl auch brechen,
doch das gilt als gemein.

Am allerschlechtesten ist dran,
wer ihn mit Vorsatz ganz getan,
denn einmal wird sich's rächen.

67.

Vor ihm, der auch bei uns gehaust,
hat es den Hirten einst gegraust.

Was nachfolgt, das entsteht im Gehn.
Im Haus kann man ihn liegen sehn.

Vereinigt, bis zu unsern Tagen,
wird er ins Taufbuch eingetragen.

68.

Es sagt, dass es im Innern sei.
Worinnen, ist ihm einerlei.
Der Zweite, der zum Fest gehört,
wird gern dabei genossen.
Das Ganze, weil es meistens stört,
verjagt man unverdrossen.

69.

Theater

Wer sie führt im Ernst und Spiele,
wird die Dinge, die geschehen,
ganz in ihrem Sinne drehen.

Wer ihr in den Rücken fiele,
hinterrücks, o Wunder, sähe
– alles spielt sich ab im Nu –

sie als Mann, und in der Nähe
– fast als wäre er der Freier –
eine Jungfrau mit dem Schleier

und den Kirchenmann dazu.

70.

Wenn ich's einem Kind befehle,
läuft es mir vielleicht davon,
Widerspruch in seiner Seele.

Dass sie mir Genuss bereite,
las ich laut in schönem Ton
eine feierliche Zweite.

Und vereint: in Jugendjahren
diente sie der Oma schon,
drin den Krimskram zu verwahren.

71.

Was wir, wenn unsre Schlote rauchen,
an kalten Wintertagen brauchen,
schafft die Natur durch es herbei.

Die Nächste wird an Sonnenstunden
in Sommers Mitte fest gebunden;
man sieht sie dann meist drei zu drei.

Manch einer, den die Galle drückt,
hat sie als Ganze abgepflückt,
ihm ist sie Arzenei.

72.

In Mehrzahl lernen die Kinder sie spielen.
Der Schüler bestrebt sich,
sie gut zu erzielen.
Die Zweite wird oft an den Wegrand gestellt.
Die Ganze verwaltet im Lande das Geld.

73.

Auf vier von ihnen gehen wir spazieren,
am Meer zum Beispiel, wo die Wogen rauschen.
Zwar können zweie wir davon verlieren,
sie aber sonst in keinem Fall vertauschen.
Außer diesen gibt's auf Bergen keine,
doch in jedem Tale jeweils eine.

74.

Eine englische Dame,
im Drange der Jugend,
strebte begierig
nach einer Tugend.
Doch als sie am Ende
die Ängste bezwungen
und die gewünschte
Tugend errungen,
war sie,
was doch im Grunde erstaunt,
immer verärgert
und schlecht gelaunt.

75.

Wer es betrat in Schlössern und Palästen,
gehörte zu den auserlesenen Gästen.

Dem Eiligen, ihn mäßigend zur Ruh,
ruft man es gern gleich zweimal deutlich zu.

76.

Sie lieben das Wasser
und stehen darin.
Die Zweite, die wird
vor dem Richter vereidigt
und auch im täglichen
Leben verteidigt.
Doch wenn sie mit Pathos
Bekanntes verkündet,
dann war sie, als Ganze,
den Ersten verbündet
und was sie geäußert,
hatte nicht Sinn.

77.

Man schlägt ihn oder wirft ihn fort;
kommt er zurück, wird es ein Sport.
Ansonsten drehn wir üblicherweise
auf ihm uns immer neu im Kreise.
Geschieht es bis zum Überdruss,
dann sag das Abschiedswort – und Schluss!
Was folgt daraus? Bei rechtem Lichte:
eine schröckliche Geschichte.

78.

Will wer eine steile Wand besiegen,
sieht er es zuweilen unten liegen.
Werden uns die Zweiten zugedacht,
sind wir noch in Windeln Tag und Nacht.
Später, wenn wir gern ins Bergland reisen,
können wir vereint auch sie lobpreisen.

79.

Im Dorf kann man
sie meist noch sehen,
wenn wir durch seine
Gassen gehen.
Man hütet sie
und schätzt sie sehr.
Das Zweite:
eine Stadt am Meer.
Der Ganze wurde
einst entnommen
den Ersten, dass er
Fürsten diene
und in den Klöstern
auch den Frommen,
weshalb man
seine Spur erkennt
noch heut auf altem
Pergament.

80.

Allein ist er ein Niedergang,
der wird nicht gern gesehen.
Mit Rück- und Zu- fragt man nicht lang,
denn nun ist's schon geschehen.
Hat man ihn mal mit Ein- im Leben,
wird er wohl auch mit Bei- gegeben.

81.

Die halbe Mutter geht voraus.
Ihr folgt eine kleine Schar.
Von Kindern? Schülern? Rundheraus:
Ich weiß nicht, was es war.

Das Ganze aber sieht, o Pein,
verrückt und seltsam aus.
Es könnte, dieses ist mir klar,
auch eine Schrulle sein.

82.

Der eine ist es von zu Hause aus,
zumeist in Sachen des Geschicks.
Der andre tut's und tut's und
zieht die Stirne kraus,
und kommt am Ende
manchmal doch auf nix.

83.

Ist es leicht,
dann fliegt es mit den Winden.
Ist es schwer,
wird man's im Bette finden.

Wenn es fällt, bringt's vielerlei zuwerk.
Wenn es steigt,
kommt's doch auf keinen Berg.

Ist es nötig,
wäscht es uns den Kopf.
Sehen kann man's auch
im Suppentopf.

Seine Wandlungsfreude
ist enorm;
nur ein einziger
hält es in Form.

Ist sein Anblick
dann auch wunderbar:
selber ist es nicht mehr,
was es war.

84.

Er hat Beine, aber kann nicht gehen,
muss tagein und -aus nur immer stehen.
Jeder isst sich munter an ihm satt,
der doch weder Frucht noch Blätter hat.

85.

Er ist es selbst und hat es auch
in seinem Hause stehn;
so kann man sie von Zeit zu Zeit
sich gegenüber sehn:
Der eine schaut dann fröhlich an,
was drinnen in Bedrängnis –
Er: auf dem Land ein freier Mann,
es: immer ein Gefängnis.

86.

Was die einen
mit den Beinen
sommerlang im Freien taten,

macht der Mensch
im Allgemeinen
heut mit seinem Sonntagsbraten.

87.

Er rührt sich nicht von seinem Ort
und läuft der Grenze doch entlang.

Der andre ist – mit einem Wort –
der Höchste, der dem Volk entsprang.

Vereinigt ist er klein und braun
und laut, doch selten anzuschaun.

88.

Spricht ihn jemand aus und vor Gericht,
hat er ganz besonderes Gewicht.

Zweiter wird man kämpfend und durch Leiden,
durch sein Volk und dessen Eigenheiten.

Nur der Ganze zwischen Berg und Flur
wurde es allein durch einen Schwur.

89.

Der Erste ist in jedem Fall dafür.
Der Zweite, skeptisch, unternimmt
zu prüfen erst mit Sach-Gespür,
ob das, was hier zugrund gelegen,
auch wirklich hieb- und stichfest stimmt.
Jedoch der Ganze bleibt dagegen.

90.

Nimm vom Markt ein Stück
und häng' daran
ein im Innern liegendes Organ.
Alsdann prüf',
ob deine Ganzen recht,
ob galant sie wirken
oder schlecht.

91.

Was der eine ist,
hat ein andrer gesungen,
auch wenn er vermisst,
was jenem gelungen:
Erkenntnis des Wahren
mit Güte zu paaren.
Was hat er gesungen?

92.

Sein oder tun

Alter Menschheit galt sie heilig.
Heute rechnet man mit ihr,
nüchtern und computereilig.

Wer es tut, tut's mit Gezitter.
Doch am Ende ist's ihm recht,
fiel, was unnütz, durch das Gitter.

93.

Willst du per pedes die Natur erspüren,
so werden sie dich gut und sicher führen.
Bist du dann müde und verlangst zu ruhn,
kannst du es auf dem Nächsten arglos tun.
Nur *er* darf nicht an den Vereinten hängen,
der Ganze könnte dich sonst leicht bedrängen.

94.

Das hohe wird vom Staat ernannt,
das kleine komponiert,
stets wechselnd, mit geschickter Hand,
und wird dann offeriert.
Das hohe schafft zumeist Verdruss,
das kleine bringt Vergnügen.
Das jüngste kommt erst ganz zum Schluss,
ihm muss sich jeder fügen.

95.

Man sieht es stehn, wo Menschen hausen.
Die Zweite opponiert von außen
(hier zwar gekürzt im Zeitungsstil)
und ist politisch mit im Spiel.
Die Dritte freuen Trinkerherzen.
Die Ganze nützt bei Weh und Schmerzen.

Die Lösungen – in alphabetischer Reihenfolge

Ahnen
Antenne / Tenne
Anzug
Aroma / Arosa
A(h) / Stern / Astern
aufregen
Bachstelze
Ball / ade / Ballade
Barometer
Bauer
bei / Spiel / Beispiel
Bernhardiner / [Bern / Ha(a)r / Di(e)ner]
beschlagen
betreten
Biedermeier
Binsenwahrheit
Bleistift
Delphi / Delphin bzw. Delfin
Eidgenossen
Einwand / Einwanderer
erkunden
Eros / Ion / Erosion
Eulen / heulen
Fall
Fassade / Fass ade
Finger / Hand
Fliesen / Flusen / Flausen
Gänsekiel
Gemach
Gericht
Gesichtspunkte
Ges / Innung / Gesinnung
grillen
Hausapotheke (Haus/apo/theke)
Hemmschuh
Imbiss
Impuls
Insekt
Japan
Karpaten
Kniekehle
Kommode
Kran / Ich / Kranich
Krone
Kuhfladen
Kult / Ur / Kultur
Laden (auf- / ein- / um- / ab-)
lasterhaft (Last / er / Haft)
Lausbub
Leumund
Majoran
Manieren
Marotte

Marsch/all
Maskerade
Mathematik
(Mama / Thema / Tick)
Meineid
missmutig
mittelbar
Mucken / Mücken
Nachbar
Nachsicht
Notenbank
Pfeife
Poesie (Po/e/sie)
Programm
Protest
Regie / Eiger,
Mönch und Jungfrau
Reichweite
Reis / Reisig
Ruß / Land / Russland
Sackgasse
Same / Dame / Name
Schafgarbe
Scharniere
Schlüsselbein
Sieben / sieben
Sohlen (Fuß- / Schuh- / Tal-)
Spiegel
Sternschnuppe
Steuer
Tau / Sender / Tausender
Tisch
überlegen
verlegen
verschossen
Wabe / Rabe / Schabe / Labe
Wasser
Wegelagerer
Weise
Wiese / Wiesel
Wolfgang
Zapfenstreich
Zaunkönig
Zinnober

Alphabetisches Verzeichnis der Rätselanfänge und Überschriften

Von Erika Beltle sind erschienen

Gedichte

Wanderung. Mellinger Verlag 1969
Schaue, lausche … Mellinger Verlag 1969
Sich selber auf der Spur. Rudolf Geering Verlag 1981
Stern überm Dunkel. Mellinger Verlag ^{2}1985
Sonnenkringel. Ogham Verlag 1988
Welt im Widerklang. Mellinger Verlag ^{2}1991
Im Rosenschatten. R. G. Fischer Verlag 1991
Schwalben vom Niemandsland. Mellinger Verlag 1992
Zauber der Begegnung. Ogham Verlag ^{2}1993
Erde vielgeliebte. Mellinger Verlag 1995
Tau der Frühe. Mellinger Verlag 1996
Mit dem Sonnengesang. Mellinger Verlag 1998
Im Windgeflüster. R. G. Fischer Verlag ^{3}1998
Auf hellen Wegen. Verlag Urachhaus 2003
Melodie des Lebens. Gedichte der Freundschaft und Liebe. Verlag Urachhaus 2005

Rätsel

Pfiffikus-Rätsel. Mellinger Verlag 1962
Pfiffikus' Schelmennuss. Verlag Freies Geistesleben ^{4}2005
Einfach rätselhaft. Verlag Freies Geistesleben 1986
Rückwärts schlüpft er aus dem Ei. Verlag Freies Geistesleben ^{4}2006
Der Anfang spricht sogleich vom Ende. Verlag Freies Geistesleben 2005
Der erste Bruder wird gebunden. Verlag Freies Geistesleben 2006
Die halbe Mutter geht voraus (revidierte Neuausgabe des Bandes Einfach rätselhaft). Verlag Freies Geistesleben 2007

Von Erika Beltle sind erschienen

Kinderbücher

Pascha und seine Freunde. Verlag Urachhaus 1977
Meister sprecht, wär' ich euch als Helfer recht? Verlag Urachhaus 1979

Erzählungen

Das Wielandfenster in Heidenheim. Die Sage von Wieland dem Schmied (zusammen mit Maria Lehrs-Roeschl). Verlag der Buchhandlung Meuer ca. 1964
Angus Og, unser Rotkehlchen. Erlebnisse mit einem Zaungast. Mellinger Verlag [2]1994
Im Waffenrock eine Rose rot. R. G. Fischer Verlag 1989
Unter griechischer Sonne. Ogham Verlag 1991

Romane

Silbermöwen. Fouqué Verlag 1997, ab 2006 im Verlag Urachhaus
Weil ich dich liebe. Briefroman einer Entwicklung 1940 – 1945. Fouqué Verlag 1998 (veröffentlicht unter dem Pseudonym Anja Kern), ab 2006 im Verlag Urachhaus

Studien

Dichtkunst, was ist das? Ein Beitrag zur Ästhetik Rudolf Steiners. Verlag am Goetheanum 1978
Lyrik – entzauberte Prosa. Mellinger Verlag 1993
Erkenntnis und Liebe. Mellinger Verlag 1994
Phänomenologien. Die Zeit / Die Bewegung / Das menschliche Bewusstsein. Mellinger Verlag 1994

Von Erika Beltle sind erschienen

Wandlungen der Liebe. Mellinger Verlag 1995

Was die Sprache versteckt hält. Vom Zauber ihrer Kunstelemente. Verlag Urachhaus 2007

und (als Herausgeberin)

Gestalt und Bewegung. Festschrift für Else Klink. Verlag Freies Geistesleben 1977

Erinnerungen an Rudolf Steiner (zusammen mit Kurt Vierl). Verlag Freies Geistesleben ^{2}2001